Observe bien la scène. Combien d'abeilles, d'arrosoirs et de coccinelles comptes-tu ? Colorie le bon nombre de bulles.

À toi de trouver l'œuf de Pâques
qui est différent de tous les autres.

Et si tu complétais ce sudoku ? Chaque dessin ne peut apparaître qu'une seule fois par rangée, colonne et carré de 4 cases.

Forme des groupes
de 3 œufs de Pâques.
Combien en reste-t-il ?

À toi de trouver les 5 différences entre ces dessins.
Marque-les d'une croix.

Regarde bien les détails et relie ce qui va ensemble.

Aide ce lapin à traverser le labyrinthe
pour qu'il puisse réveiller son ami.

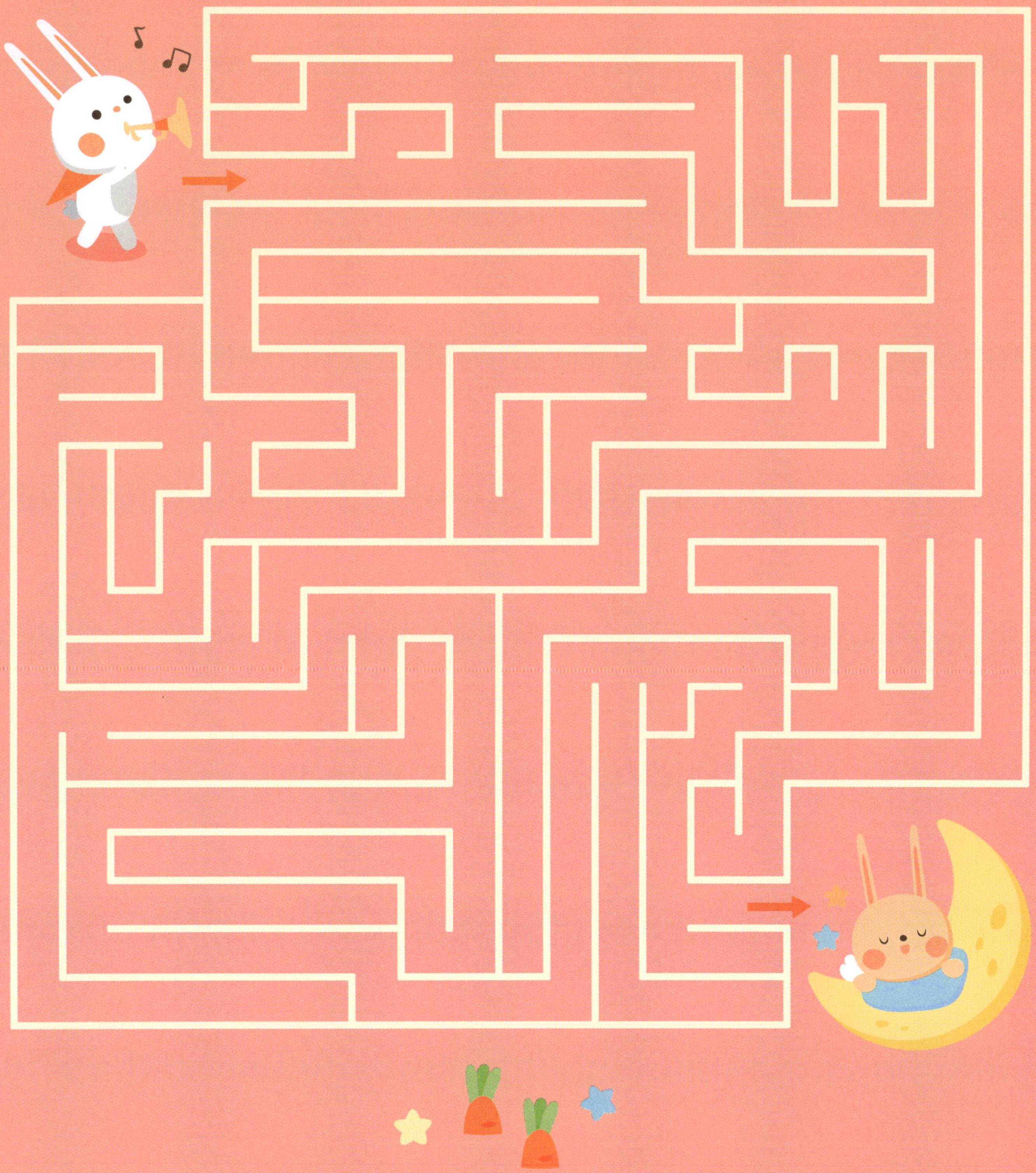

Quel dessin n'apparaît qu'une seule fois ? Entoure-le.

À toi de compléter les suites logiques.

Qui arrive le premier près des œufs de Pâques ?
Suis les lignes pour le découvrir.

Relie chaque papillon
à la chenille qui lui correspond.

Combien de fois
vois-tu chaque dessin ?
Relie chaque groupe
au bon chiffre.

1

2

3

4

Termine les dominos en ajoutant les bons dessins.

À toi de retrouver les pièces de puzzle manquantes !
Relie-les à l'endroit qui convient.

Quelle ombre est la bonne ? Entoure-la.

À toi de retrouver ces combinaisons dans la grille.

Colorie ces œufs de Pâques avec tes couleurs préférées.

Regarde bien les dés et dessine le bon nombre d'œufs de Pâques dans chaque panier.

Et si tu dessinais l'autre moitié de ce lapin ?

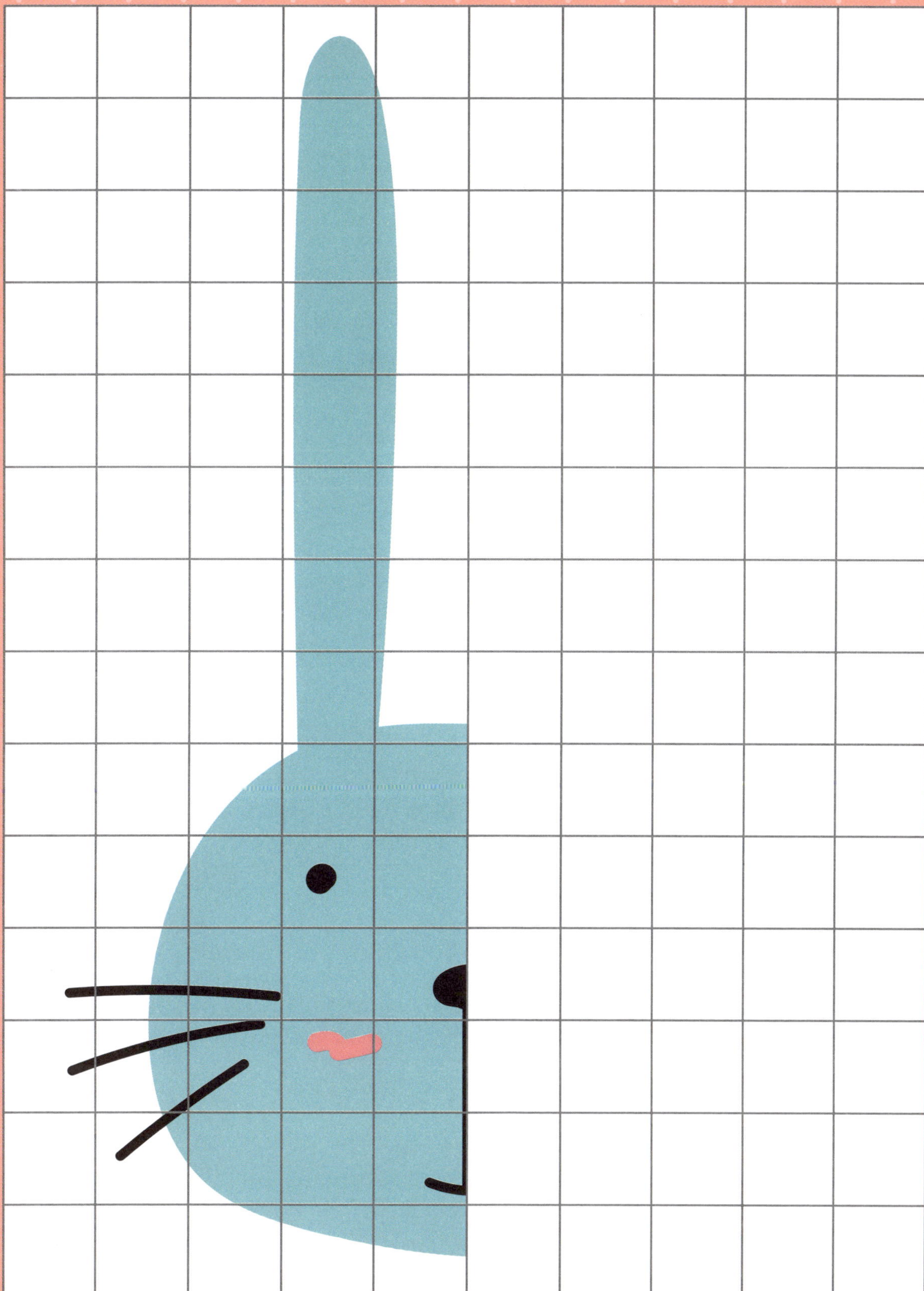

Forme des groupes de 4 nœuds.
Combien en reste-t-il ?

À toi de compléter les suites logiques.

Regarde attentivement la scène. Combien de fois les dessins en bas de la page apparaissent-ils ? Colorie le bon nombre de bulles.

Relie chaque pot de peinture à l'œuf qui lui correspond.

Quelle ombre est la bonne ?
Entoure-la.

Et si tu complétais ce sudoku ? Chaque dessin ne peut apparaître qu'une seule fois par rangée, colonne et carré de 4 cases.

Combien de fois
vois-tu chaque dessin ?
Relie chaque groupe
au bon chiffre.

1

2

3

4

Entoure l'œuf de Pâques qui n'apparaît qu'une seule fois.

Et si tu dessinais l'autre moitié de cette jolie couronne ?

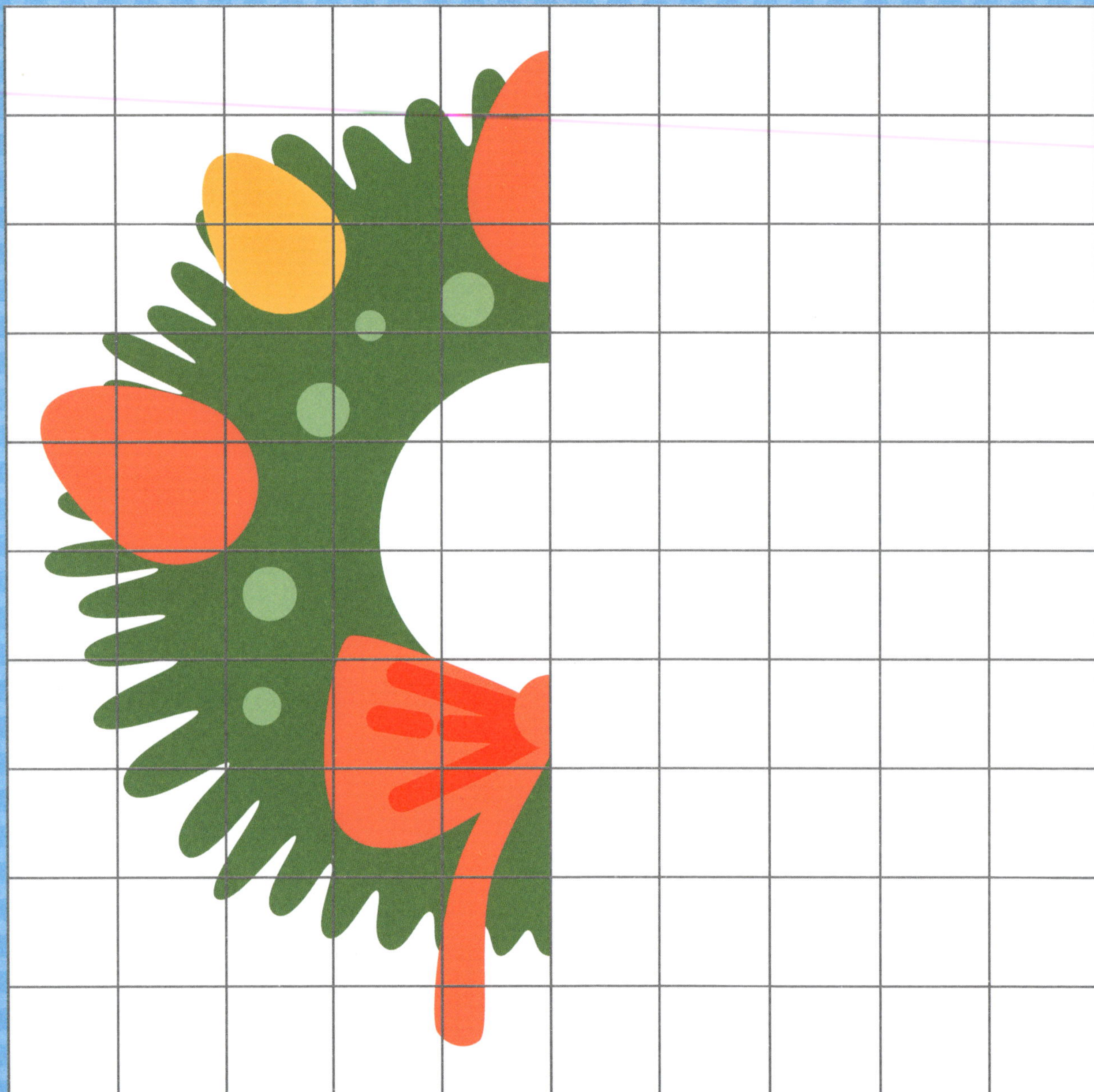

Cherche les 5 différences entre ces dessins et entoure-les.

À toi de retrouver les pièces de puzzle manquantes !
Relie-les à l'endroit qui convient.

Et si tu coloriais ces 2 poussins amoureux ?

Entoure le personnage qui est
différent de tous les autres.

Termine les dominos en ajoutant les bons dessins.

À toi de retrouver ces combinaisons dans la grille.

Quel poussin arrive le premier près de sa maman ?
Suis les lignes pour le découvrir.

Regarde bien les détails et relie ce qui va ensemble.

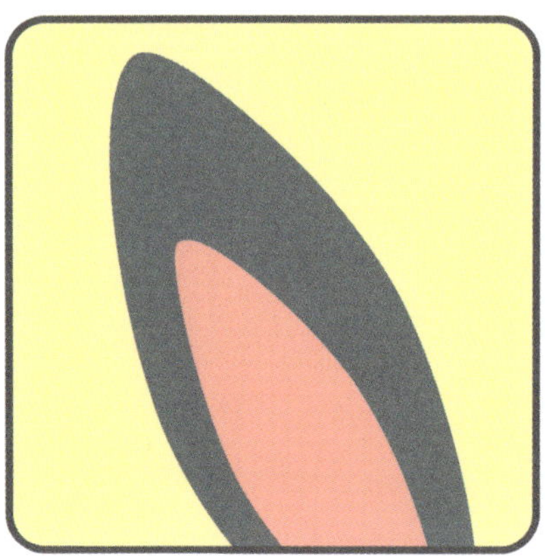

Trouve le bon chemin dans le labyrinthe afin que le lapin puisse manger le gâteau aux carottes.

Observe bien les dés et dessine le bon nombre d'oiseaux pour chaque nichoir.

Quelle ombre est la bonne ?
Entoure-la.

À toi de retrouver les pièces de puzzle manquantes !
Relie-les à l'endroit qui convient.

Regarde attentivement la scène. Combien de fois les dessins en bas de la page apparaissent-ils ? Colorie le bon nombre de bulles.

Cherche les 6 différences entre ces dessins et entoure-les.

À toi de retrouver ces combinaisons dans la grille.

Entoure l'agneau qui n'apparaît
qu'une seule fois.

Cherche le bon chemin dans le labyrinthe
et aide les 2 chats à se retrouver.

Forme des groupes de 4 fleurs.
Combien en reste-t-il ?

Combien de fois
vois-tu chaque dessin ?
Relie chaque groupe
au bon chiffre.

1

2

3

4

Qui arrive le premier près du gros œuf de Pâques ?
Suis les lignes pour le découvrir.